KB248168

아버지의 힘

한 국 대 표
명 시 선
1 0 0

유 자 효

아버지의 힘

시인생각

'아버지의 힘'이 있어야 정의가 선다

평소에 깊이 존경하는 사천 이근배 선생으로부터 〈한국 대표 명시선 100〉 용으로 원고를 보내달라는 연락을 받고 내가 낸 시집 14권을 발간 순서대로 읽어보았다. 그랬더니 그동안 쓴 시들은 내 삶의 고백이라는 것을 알 수 있었다.

처녀 시집 『성 수요일의 저녁』에서는 고민 많고 방황 많은 문학청년의 모습이 담겨 있었다. 두 번째 시집 『짧은 사랑』에서는 황홀한 나이 40대 초반을 KBS 파리 특파원으로 보내는 투지 넘치는 방송인의 육성이 담겨 있었다.

내 삶이 그대로 갔었다면 얼마나 좋았으랴. 세 번째 시집 『떠남』에서는 예기치 않게 옮기게 된 직장에서의 갈등과 고뇌의 신음이 그려져 있었다. 그러나 이 시집에 있는 '아침 송頌'이 고등학교 문학 교과서에 수록되는 보람을 안겨주기도 했다.

나의 50대는 안타깝게도 번민과 좌절의 연속이었다. 내리지 못한 결단의 과보였다. 「지금은 슬퍼할 때」「금지된 장난」「아쉬움에 대하여」「성자가 된 개」에서는 그 고통의 기록들이 점철돼 있다. 시를 쓰면서 묵묵히 견뎌내었다.

60대에 접어들어서 나는 직장을 떠났다. 전업 시인이 된 것이다. 그것은 소년 시절부터 내가 꿈꾸어오던 모습이기도 했다.

현실은 내게 차가왔고 때론 좌절을 안겨주었다. 내가 가장 잘 할 수 있는 일은 내 의지대로 하는 일이었다. 그것은 시를 쓰는 일이었다. 「여행의 끝」에 이어 「전철을 타고 히말라야를 넘다」에서는 저자에 뒹굴면서도 끊임없이 이상을 추구하는 60대 문인의 모습이 담겨 있었다. 전자 문명 시대에 악전고투하는 「주머니 속의 여자」에 이어 병과의 싸움과 정신적 지조를 추구하는, 70을 바라보는 사내의 모습을 「심장과 뼈」에 담았다.

이 선집에 수록한 시들은 40여 년 동안 내가 발표한 시들 가운데 월평 등에서 비평의 대상이 된 작품들을 우선적으로 골랐다. 그리고 비평가나 시인, 독자들로부터 호평을 들은 작품들을 포함시켰다. 나의 평가보다 객관적 평가가 중요하다고 생각해서이다. 또한 작곡가들의 눈에 띄어 노래가 된 시들도 일부 수록했다.

나는 스무 살 때부터 시와 시조를 함께 써왔다. 그런데 이번 선집에서 시조는 뺐다. 2000년에 태학사에서 출간한 『우리 시대 현대 시조 100인선』에 기획자 이지엽 교수의 배려로 39권째가 나의 시조집 『데이트』이기 때문이다. 이로써 나는 시 선집, 시조 선집을 각각 갖는 기쁨을 누리게 되었다.

  다시 읽어본 나의 작품들은 완성도 면에서 부끄러운 점이 많았다. 그러나 자신 있게 말할 수 있는 것은 한 편 한 편이 정직하게 쓴 시들이라는 것이다. 나는 시에서 거짓말을 하지 않았다. 엄격한 정직성으로 시를 썼다. 나의 작품들이 20세기 중반부터 21세기까지 산 한 남성의 치열한 삶의 기록은 될 것이다.

  시집의 제목을 '아버지의 힘'으로 한 것도 내 삶에 대한 반성이자 점차 여성화돼 가는 시대에 대한 경종이다. 어느새 증발돼 버린 남성성. 그 힘과 담대함이 절실히 요구된다. 어머니들이 점령한 세상에서 아버지들이 자리할 곳이 없다. 어머니의 따스함이 세상을 건지지만 아버지의 힘이 있어야 정의가 선다.

  나는 시인과 방송인의 두 길을 걸어왔다. 10대에 시작한 시 쓰기를 평생 이어가고 있으며, 20대에 시작한 방송을 지금도 하고 있다. 나는 젊은 시인이나 방송인이 재기 넘치는 글을 쓰고 방송을 하는 것을 보면 놀라움을 금치 못한다. 부럽기도 하다. 그러나 나는 재주는 없는 대신 끈기로 버텨왔다.

  방송 기자 시절, 선배들은 내 기사가 시적이라고 했다. 데스크 볼 것이 별로 없다는 칭찬을 듣기도 했다. 돌이켜보면, 그때 더 잘 했어야 하는 것이었다.

시인으로서 나는 내 시가 기사적이라고 생각한다. 시의 소
재를 사건이나 사고 또는 나의 체험에서 흔히 발견한다. 그
리고 아주 건조하게, 객관적으로 사물을 스케치한다. 이것을
내 시의 특징으로 여기고 있다. 나는 기자였을 때 시적인 기
사를 썼고, 이제는 기사적인 시를 쓰는 시인인 셈이다.

요즘 나의 생활이 많이 단순해졌다. 그러나 한가하지는 않
다. 세 문학 단체의 대표직을 맡고 있으며, 방송 프로그램을
진행하고 있다. 한 달에 두 번 정도는 신문 논설도 써야 한다.
1주일에 하루는 시 창작 교실에서 강의도 한다. 직장에 매여
있을 때보다는 단순해진 셈이고, 여기저기 챙겨야 할 곳이
많은 점에서는 분주한 편이다. 그러나 그 일들이 나의 의지
대로 결정할 수 있는 것이기 때문에 정신적 부담은 과거에
댈 바 없이 가볍다.

이제 비로소 나는 자유를 얻었다. 많은 것을 잃고 버린 대
가였다. 이 자유를 소중히 여기기라. 그리고 최선을 다하리
라. 나의 삶, 나의 시를 위하여, 건배…….

2013년 여름에

유 자 효

■ 차 례

2

1

정釘 1

햇빛은 말한다
여위어라
여위고 여위어
점으로 남으면
그 점이 더욱 여위어
사라지지 않으면
사라지지 않으면
단단하리라

정釘 4
— 눈먼 걸인

울지 마세요
붉은 어깨 위로 눈이 녹는다
우리 마을 어귀에서
그는 떨며 앉아 있고
깊은 눈은 언제나
젖어 있다
아이들은 지나치면서도
알지 못한다
그가 있는지 없는지를
눈이 오고
아이들이 자라서
가지고 싶어하며
세상에서 건져지고
이제는 언제부터 그가 사라졌는지
알지 못한다
울지 마세요

정釘 9

이마에 보석 같은 땀이 맺히어
내 곁에 누워 잠든 가난한 여인

몇 만 년 전
빙하기 말엽
털투성이의 나는
담배씨 한 알만한
햇살 찾아 헤매었더니

이제 다시 가난한 여인이 되어
내 곁에 누워 잠들고 있네

양산을 지나며

양산 어귀에서 어머니를 만났다
이상하여라
우리 집 앨범 깊숙이
살이 후덕한 처녀의 모습으로
어머니는 그렇게 걸어가시고
"어머니"
내가 불렀으나 그냥 뺨을 붉힌 채
다소곳이 마냥 멀어지는 것이었다
풀밭엔 벌레가 울고
달이 너무 밝았다

떠날 줄 알게 하소서

잃을 줄 알게 하소서
가짐보다도
더 소중한 것이
잃음인 것을
이 가을
뚝 뚝 지는
낙과落果의 지혜로
은혜로이
베푸소서
떠날 줄 알게 하소서
머무름보다
더 빛나는 것이
떠남인 것을
이 저문 들녘
철새들이 남겨둔
보금자리가
약속의
훈장이 되게 하소서

안부

반짝이는
고독 속을
무리에서 떨어진
한 마리 비둘기가
기진하고 있다

꽃처럼 취한 아우가
울면서 문을 흔든다

아기의 춤

"여보, 아기가 춤을 추나 봐요"
아내는 가만히 배를 누르며 속삭였다
"그래요? 그러면 음악을 들구려"
모차르트가 흘렀다
"여보, 애는 제 마음을 잘 아는가 봐요
제가 고단하면 잠을 자요
제 마음이 편안하면 잠을 깨지요"
나의 품에 안기는
아내는 아기의 우주
"누가 가르칠까요?
우리 아가의 춤을"
"그것은 별
그것은 바람
그것은 시간
그것은 햇빛
그리하여 그것은
목숨이라고 부르는
위대한 안무가지요"
아내는 잠들고
나의 손끝에서
아기는 홀로
율동의 실오라길 이어가는데
하늘에는 끊임없이 유성의 해일이 일고

지등 紙燈

불을 밝히면
다소곳이 이루어지는 빈터에
젖빛으로 흔들리는 물길을 마련하고
어머니는 물레를 자으신다

끝없이 풀리는 실의 한끝을
탯줄처럼 목에 감고서
밤을 건너는 나의 울음은
새벽녘 문풍지를 흔드는
쓸쓸한 들판의 바람이 된다

시간은 깊이 떨어져 내려
한 곳에서 일렁이는
갈맷빛 적막

잠든 나의 곁에서
홀로 아파하던 어머니는
무명옷 곱게 입고 떠나가시고
그 물길의 저편에서
이제는 홀로 내가 떠나고 있다

성 수요일의 저녁

하늘에는 참 계시가 내린 듯합니다
교회와 성당의 종들이 잇달아 울어
진홍빛 구름들을 밀어가고 있습니다
당신이 떠나신 날은 성 수요일의 저녁
나의 곁에 있을 때의 당신은 언제나 연약했건만
떠나신 후 이다지도 나에게 커다랗게 남아 있음은
당신의 그 어떤 비밀스런 힘 때문일까요
태풍을 몰아오는 열대의 바람
저 싱싱한 청어들을 뛰게 만드는 북빙양 해류
눈에 띄지 않는 그 큰 힘들은
나사렛 가난한 목수의 아들을 알지 못하는 나를
호젓이 무릎 꿇게 만드는 것입니까
진실로 우리에게 영원히 남는 것은 연약함이며
우리 모두에게 들려오는 소생의 울음소리
오늘 성 수요일의 저녁
하늘은 또 어떤 모습으로 나에게 나타나는 것입니까

소묘 3제

1

돌이켜질 수 없기 때문에
그래서 가슴 저미는
안쓰러움

창 밖에 자정의 비가 뿌리면
처녀 몸매같이 서러운
일지화一枝花

2

손 모으고 앉으면
모두가 낡은 얘기

귀또리 울음 스산한
섬돌

창호지에 나무 걸려
일렁이면 한 줄기 바람이 된다

3

오랜 장롱에서
남 치마
옥 저고리 꺼내시던 어머니

지환指環마냥 흔들리는 촛불

가지는
그림자로
굳어버린다

남불南佛의 샹송

액상 프로방스에서 80년을 산 할머니는
어려서부터 밤이면
중세의 어린이들과 놀고
코린트식의 성당에서
잿빛 모자로 얼굴을 가린 수도사들로부터
예수의 얘기를 들었었다네
액상 프로방스의 바람은
중세의 바람
할머니의 말씀을
젊은이들은 알지 못하고
그러나 남불의 작열하는 태양과 무성한 잎새들은
오늘도 중세의 바람으로 흔들리고 있었던 것을
태양과 나무, 바람과 대화하던 할머니는
귀먹고 눈멀어
자유를 얻고
영원히 온화한
과거의 시간
그 품에 이제는 평안히 안기었다네

2

꾸즈코 기행

그들은 이곳을 생명의 탯줄
'꼬스꼬'라고 불렀다
오늘은 스페인식 발음으로 '꾸즈코'라고 불리는
잉카의 수도에서
내가 만나는 인디오의 아이
잉카의 네 왕국이 만나던
영화와 번영
세계의 중심이
한눈에 내려 보이는
해발 3천5백 미터의 고지에는
바람이 거셌다
"세뇰, 세뇰"
인형을 들고 따라오던
인디오의 아이
일곱 살 난 내 아들보다도 어려 보이는
그러나 그 둥근 얼굴은 내 아들과 얼마나 닮아 있는가
그 목소리는 또 얼마나 내 아들과 닮았는가

정복자들이 점령한
수도의 광장에는
인디오의 지도자들이 학살당하고

정복자들에 의해 명명된 승리의 광장에는
정복자들의 새로운 도시가 서고
인디오의 성전은 허물어지고
그곳에 정복자의 성전이 섰다
‘꾸즈코’가 한눈에 내려 보이는
해발 3천5백 미터의 고지
잉카가 숭배하던
해와 달과 별, 구름과 무지개
그중에서도 생명을 주신
태양신의 입상은 굵은 로프에 의해 허물어졌다
오늘은 그곳에서 인디오의 수도를 오연히 굽어보고 있는
정복자의 신
그것은 힘의 입상이었다

“우리는 그들을 죽여도 됩니까?”
“그렇다. 그들은 이교도니까
이교도는 바로 짐승이니까”

오늘도 인디오의 아이는
인형을 하나도 팔지 못했다
바람 부는 해발 3천5백 미터의 고지

꾸즈코의 언덕에는
인디오의 아이와 어머니 그리고 몇 명의 딸들이 몰려다니며
관광객들에게 조잡한 인형과 물감 들인 천들을 사달라고
졸랐다
미국에서, 일본에서, 스페인에서, 포르투갈에서······
그리고 한국에서 온 관광객들은
일찍이 정복자들이 도저히 허물지 못한
거대한 잉카의 돌들을 돌아보고는
몇 장의 사진을 찍고 나서
꾸즈코의 언덕을 떠난다
황토 바람 거센 언덕에는
몸을 날릴 듯한 무서운 바람을 피해
인디오의 일가가 인형과 천들을 가슴에 안은 채 웅크리
고 앉아 있었다
다시 듣고 싶은 인디오의 아이의 음성
다시 보고 싶은 인디오의 아이의 얼굴
내 아들과 너무도 닮은 인디오의 아이
그러나 그의 어머니로부터, 아버지로부터
너무나 일찍 단념하는 지혜를 배웠는가
돌아보는 나를 다시는 결코 따라오지 않았다

이 가을에 우리는

무수히 흔들리는 손길들
떠남으로써 얻는
이 풍요한 결실의 의미

살을 비비며
살을 비비며
살아 있다는 것을
휘파람처럼 속삭여주는
저온低溫의 축복

우리가 진정 행복하다는 것은
조금은 쓸쓸한 것임을
조금은 그리운 것임을
그러나
다치지 않고
그러나
상하지 않아야 하는 것임을
노을빛이 태어나는 고장에서
홀연히 다가와
비명처럼 일깨워주고 떠나는
이 가을에 우리는

짧은 사랑

밀바는 언제부터 노래를 불렀을까

눈 내리는 남대문
세모의 밤거리를
가슴 설레며
휘청거리던 젊은 시절에
소름처럼 끼쳐오다가
자지러지던
긴 시간의 공포

그 후 20년
늙은 영혼은
미움과 시기심으로
찢어져 펄럭이고
이제는 가슴보다도
온몸으로 와 닿는
짧은 시간의 공포

밀바는 아직도 노래하고 있을까

이 세상의 어버이와 아들딸에게

한 아이가 있었네

사람들은 그 아이를
귀머거리라고 했네
벙어리라고 했네

그러나 오직 한 사람
"아니야
그렇지 않아
우리 아이는 들을 수 있어
우리 아이는 말할 수 있어"

1년
2년
3년
10년이 흐르고 나서

사람들은 그 아이의
말을 들었네
"어머니
……
사랑합니다"

어느 날의 울음 이야기

시내버스 안에서
초라한 행색의 한 벙어리 소년이
땀을 흘리며
꾸역꾸역 울고 있었다
주변의 눈치를 살펴보면서
누가 보면 울음을 그치고
시선이 거두어지면
다시 울었다
그러나 그 소년의
땀 흘리는 검은 얼굴에서
샌들을 꿴 때꼽 낀 발가락에서
앙상하게 여윈 팔꿈치에서
헤어나지 못하는 절망과
비탄의 수렁을 볼 수 있었다
소년의 몸에서는 선향 냄새가 났고
울음의 가락은
상주의 것을 닮아 있었다
그리고 굳은 혀에서 새어 나오는
'아바' '아바' 소리를
나는 들었다

어머니의 사망과 아버지의 위독을
동시에 전해 듣고
남으로 달리는 고속버스 속에서
스물일곱 살의 나는
얼마나 절망에 빠져 소리 죽여 울었었던가
구원받을 수 없을 것 같았던 절망 속에서
쓰러질 것 같았던 허기와 허한 속에서
나는 얼마나 세상을 원망했던가

그로부터 10년
이제 나는 당당한 월급쟁이다
아내와 아들을 거느리고
서민 아파트지만 내 집도 갖고 있는
어엿한 가장
마이카 바람에 따라
승용차 값과
저금통장의 잔고를
저울질할 줄도 아는
잘 훈련된 감성과
튼튼한 몸을 지녔다

어쩌면 행려병자로서 죽어간
홀아버지를 불에 태워 날려 보내고
돌아오는 길인지도 모르는 벙어리 소년에게
나는 이렇게 말하고 싶다
살아라. 살아라
비겁해도 좋고, 비열해도 좋다
질기게, 질기게 살아라
못 견딜 것 같은 절망도, 허무도, 원망도
끈질긴 목숨의 끈 앞에서는
그래도 잊혀지고
어느새 그림자의 한 부분이 되는 것이다
우리는 절망을 극복할 순 없지만
절망이 한눈을 팔고 있을 때
그 순간, 순간들을
억세게, 억세게
목숨의 끈으로 이어가야 하는 것이다

할아버지의 시계

할아버지의 시계는 늦은 가을이다
낮은 소리로 일정한 속도로 간다
이끼 낀 돌담을 울리는 소리
깊고 잔잔한 그 소리는
이슬이 되어 돌에 스민다
할아버지의 시계는 저녁 어스름이다
잠들 시간이 멀지 않아서
온화하고 사랑이 많다
그 소리는 깊이 울려서
벽난로에 잠시 머물다 쓸쓸하게 돌아선다
하루가 끝나는 고요와 평화로움
호롱불에 펄럭이다 사라지는 그 그림자에서
보았느냐
천사와 같은 아기의 모습
늦은 가을 저녁 어스름
할아버지의 시계는
연약하고 순수한 은빛으로 가고 있다

예언자

그대는 흔히 백발에 앙상히 여윈 팔과 다리로 나타난다
거기에 그대처럼 여윈 지팡이 하나
그러나 그대의 안광만은 형형하게 빛나는 걸로 나타난다
그대의 잠자리는 이나 빈대가 득시글거리는 움막이라든가
쉰 냄새 풍기는 다리 밑 진창 따위
그대의 주위를 싸고 있는 무리는
그대와 방불한 거지들이다
그들은 하나같이 병들어 있고
배가 고프고, 여위어 힘이 없고
가끔 말굽에 짓밟혀
쥐새끼처럼 창자가 터져 길바닥에 나뒹굴어
거적에 덮여 산이나 들로 실려 나가면
처형당한 죄수처럼 널리어 썩어가고
사람들은 코를 막고 지나가지만
그 지독한 냄새를 외면할 뿐
도대체 그대가 귀찮게 하는 이유를 알지 못한다
단지 그들은 그대의 인상이 싫다
그대는 그들처럼 따뜻한 집도 없고
그래서 여자도 없고, 자식도 없고, 물론 하녀도 없고
일주일에 한 번씩 향유에 목욕도 하지 못하고

휘황한 샹들리에 아래에서 우아한 귀부인들과 댄스도 하지
못하고
도대체 신통찮은 몰골로
신성한 제사장에게 찬물을 끼얹고
통치자의 위엄 있는 옷자락에 흙칠을 한다
냄새나는 몸뚱이로
될 수 있는 대로 엄숙해야 할 장소에 불쑥 들어선다든가
은밀한 거래에도 나타나는 파렴치한이다
그대는 그들의 보석을 훔친 일이 없다
그대는 흉측한 노상강도도 아니며
그들이 사랑하는 여자도, 자식도 죽이지 않았다
단지 그들은 귀찮을 뿐이다
왜 그들의 마차가 지나갈 때 비켜서지 않으며
왜 그들의 칼자루를 두려워하지 않으며
왜 그들의 찬란한 옷매무새를 부러워하지 않으며
왜 그들에게 일일이 항변하며
왜 그들처럼 얼굴이 기름지지 못한가
몇 차례의 음모 뒤에 그들이 그대를 베고
그래도 그들의 증오는 끝나지 않아 갈기갈기 찢어 더러는
나무에도 걸어놓고

더러는 바위 짝이나 시궁창에 널어놓고 처박았지만
음모에 가담했던 제사장이며, 통치자며, 군인들이며
스스로 어색하여 시무룩하다
누가 그를 죽였는가
그들의 위엄은 나무에나, 바위 짝에나, 시궁창에 함께 뒹
굴어 창백하게 바래어 가고
제사장은 통치자에게, 통치자는 군인에게, 군인은 제사장
에게
서로 미워하며, 피하며, 또는 서로 두려워하며
공연한 노여움에 시달리면서
그의 죽음을 슬퍼하는 거지들의 울음소리나
함께 베어버리지 못한 그의 시선을 따가워한다
가끔 지각이 균열되고, 용암이 분출하여
수많은 목숨이 일시에 파묻히는 수도 있지만
그대 백발에 앙상히 여윈 팔과 다리
형형한 안광으로 나타나서
풀잎 같은 칼날에 쓰러지면서
무수한 목숨들의 그늘과 그늘로 스미어
그 깊은 뿌리들을 흔들어
지하수에 적시고 다시금 소생케 하는 것이다

아침 송頌

자작나무 잎은 푸른 숨을 내뿜으며
달리는 마차를 휘감는다
보라
젊음은 넘쳐나는 생명으로 용솟음치고
오솔길은 긴 미래를 향하여 굽어 있다
아무도 모른다
그 길이 어디로 향하고 있는지를……
길의 끝은 안개 속으로 사라지고
여행에서 돌아온 자는 아직 없다
두려워 말라
젊은이여
그 길은 너의 것이다
비 온 뒤의 풋풋한 숲 속에서
새들은 미지의 울음을 울고
은빛 순수함으로 달리는
이 아침은 아름답다

추석

나이 쉰이 되어도
어린 시절 부끄러운 기억으로 잠 못 이루고

철들 때를 기다리지 않고 떠나버린
어머니, 아버지

아들을 기다리며
서성이는 깊은 밤

반백의 머리를 쓰다듬는
부드러운 달빛의 손길
모든 것을 용서하는 넉넉한 얼굴

아, 추석이구나

봄의 찬가

지난겨울 큰 눈에
이 숲의 늙은 괴목이 쓰러졌지요
늙은 괴목이 쓰러지면서
나무가 살아온 오랜 세월도 함께 쓰러져
눈 속에 깊이깊이 파묻혔지요
어느새 이 숲에 새들의 지저귐이 살아날 때쯤
눈은 녹고
개울의 흐름을 보태었지요
물기를 뒤집어쓰고 모습을 드러낸 쓰러진 괴목
아, 거기엔 기적처럼
작은 잎새 하나가 피어 있었죠
그 잎새에 이제 막 당도한 햇살이 밝은 인사를 전하자
숲은 우렁차게 움직이기 시작했어요
무지갯빛으로 반짝이면서 기지개 켜고
앙상하던 가지들이 몸을 떨면서
긴 겨울을 살아냈음을 축복했지요
그래요
살아 있음은 복된 것이었어요
그 무서운 계절에 굴복하지 않았음은 참으로 장한 일이
었어요

죽어 쓰러진 괴목마저도 온전히 죽은 것이 아니었어요
삶을 찬미하는 봄에
이 거룩한 봄에
우리 다시 눈물겨운 출발을 시작했어요

누나의 손

누나의 손은 따뜻하다

천지에 흰 눈이 덮이던 날, 책 보따리를 허리에 두르고 꽁꽁 얼어서 집으로 돌아오면 동구 밖까지 나와서 기다리다가 눈 투성이 코흘리개의 손을 잡아주던 누나의 손은 따뜻했었다

공부를 한다고 호롱불 밑에서 코밑이 까맣게 그을려 졸고 있으면 사탕이며 과자 몇 개를 살며시 쥐여주던 누나의 손은 따뜻했었다

감나무 위에서 까치가 울던 누나가 시집가던 날 아침, 잠꾸러기의 머리맡에 종이돈 몇 장을 손수건에 싸서 놓아두고 이불을 여며주던 누나의 손은 따뜻했었다

이제는 장성한 딸을 시집보내는 누나의 장년

"먼 데서 뭐할라꼬 왔노?" 화들짝 놀라며 가방을 받아드는, 어느새 어머니를 빼닮은 누나의 손은 아직도 따뜻하다

3

폭설

먹이를 찾아 마을로 내려온 어린 노루
사냥꾼의 눈에 띄어
총성 한 방에 선혈을 눈에 뿌렸다

고통으로도
이루지 못한 꿈이 슬프다

소나무

생각이 바르면 말이 바르다
말이 바르면 행동이 바르다
매운바람 찬 눈에도 거침이 없다
늙어 한갓 장작이 될 때까지
잃지 않는 푸르름
영혼이 젊기에 그는 늘 청춘이다
오늘도 가슴 설레며
산등성에 그는 있다

은하계 통신

저 세상에서 신호가 왔다
무수한 전파에 섞여 간헐적으로 이어져 오는 단속음은
분명 이 세상의 것은 아니었다
그 뜻은 알 수 없으나
까마득히 먼 어느 별에서 보내온
자신의 존재를 알리는 신호였다
더욱이 이 세상에서 신호를 받고 있을 시각에
신호를 보내는 저 세상의 존재는 이미 없다
그 신호는 몇백 년 전, 몇천 년 전에 보낸 것이기 때문이다
결코 만날 수 없는
아득한 거리와 시간을 향하여 보내는 신호
살아 있는 존재는 어딘가를 향하여 신호를 보낸다
끊임없이 자신을 알리고자 한다
그 신호가 영원을 향하고 있을 때
우리는 그것을 신이 보낸 신호라고 믿는다
신이 살지 않는 땅에서 받는
신들의 간절한 신호
오늘도 저 세상의 주민들은 신호를 보낸다
몇 백 년 뒤, 몇 천 년 뒤의
결코 갈 수 없는 세상의 주민들에게……

아버지의 힘

아직은 잠들 때가 아닙니다
아버님
가실 길이 남았습니다
깨어나십시오
그 용기와 힘을 보여주시고
담대함과 거침없음
사내다움을 보여주소서
너무나 약해빠져
실패를 겁내며
속으로만 욕을 하면서
계집애처럼
한만 쌓아가는 약골들에게
벼락을 내리소서
아버님
깨어나소서

5월

왈칵
눈물이 솟구쳐 흐를 것 같다
한 이틀 비 내리더니
세상의 먼지 모두 씻기고
투명한 바람
서울에서 개성의 송악이 보인다
이렇게 깨끗한 날을 선물한 날

신은
곁에 두고 싶은 사람 한둘을
데리고 간다

가을 통신

할아버지의 할아버지
그 할아버지의 할아버지가
까마득한 손자에게 통신을 전해왔다
갈색으로 붉은색으로 노란색으로
산하를 가득 채운 빛깔들에 가슴 설렘은
할아버지의 할아버지
그 할아버지의 할아버지가 설레어 했던
그때의 마음이다
오늘 나는 하나의 통신을 보낸다
내 손자의 손자
그 손자의 손자에게
시간을 타고 흐를 통신은
까마득한 시간을 거쳐
내게 전해온 바로 그
가득한 빛깔들의 설레임이다
끝없이 이어지는 황홀한 흐름
그 유현함
때로는 짧게
때로는 길게
시간은 아름답게 흐르고 있다

인생

늦가을 청량리
할머니 둘
버스를 기다리며 속삭인다

"꼭 신설동에서 청량리 온 것만 하지?"

서울과 도쿄의 부처

10층 아파트 집에서 불이 나자 아버지는 여섯 살 난 딸을
품에 안고 뛰어내려 딸은 살리고 아버지는 숨졌다
　일본에 유학 간 한국 청년이 선로에 떨어진 일본인을 구
하려다 전철에 치여 함께 숨졌다

2001년 서울과 도쿄에 부처님이 살고 계셨던 것을 우리는
그들의 입적 후에야 알 수 있었다

옛 시풍으로

나 이제 저자에서 떠나가리라
갈잎에 소소히 부는 바람에
사랑도 미움도 휘파람처럼
허공을 적시며 사라지노니
먼 훗날 길손이 나를 찾거든
목숨이 부끄러워 숨었다 하라

나 이제 저자에서 돌아가리라
바위에 산산이 깨진 파도에
청춘도 원망도 물보라처럼
바다를 때리며 스러지노니
먼 훗날 길손이 나를 찾거든
목숨이 부끄러워 숨었다 하라

개

의정부에서 열린 전국 시낭송 경연대회 경기도 예선
눈먼 여인이 누런 개의 인도를 받으며 건물로 들어섰다
대회장의 밖에 개는 공손하게 앉았다
여인은 화장실로 가서 짊어지고 온 가방을 풀어 한복으로
갈아입었다
여인의 차례는 마지막이었다
몇 번을 맨발로 연습한 대회장 바닥의 감각을
맨발로 확인하며 단상에 올랐다
아무도 그녀가 눈이 먼 줄 몰랐다
여인은 창과 함께 시를 낭송했다
낭송은 다소 서툴렀지만 절절한 한 같은 것이 묻어 있었다
여인의 차례가 끝나고 화장실에서 옷을 갈아입는 동안
개는 눈을 끔벅이며 구석에 묵묵히 엎드려 있었다
누가 바라보면 개도 그를 물끄러미 바라보았다
어진 눈
어진 눈이었다
아무런 소리도 내지 않았다
마치 어느 착한 사람이 개의 형상을 하고 구석에 웅크리고
있는 듯했다
여인은 장려상을 타고

개는 다시 여인을 인도해 건널목을 건넜다
아무도 그 개의 소리를 듣지 못했다
묵묵히 엎드려 있던 누런 등과
천천히 끔벅이던 어진 눈
이름 없는 무수한 성자 중의 하나가
개가 되어 여인을 인도하고 있었다
저 흔한 우리 누렁이 중의 하나가 되어

세한도 歲寒圖

뼈가 시리다
넋도 벗어나지 못하는
고도의 위리안치 圍籬安置
찾는 사람 없으니
고여 있고
흐르지 않는
절대 고독의 시간
원수 같은 사람이 그립다
누굴 미워라도 해야 살겠다
무얼 찾아냈는지
까마귀 한 쌍이 진종일 울어
금부도사 행차가 당도할지 모르겠다
삶은 어차피
한바탕 꿈이라고 치부해도
귓가에 스치는 금관조복의 쓸림 소리
아내의 보드라운 살결 내음새
아이들의 자지러진 울음소리가
끝내 잊히지 않는 지독한 형벌
무슨 겨울이 눈도 없는가
내일 없는 적소에

무릎 꿇고 앉으니
아직도 버리지 못했구나
질긴 목숨의 끈
소나무는 추위에 더욱 푸르니
붓을 들어 허망한 꿈을 그린다

4

어깨

내 어깨에 기대어라
네 눈물을 닦아주마
쉴 곳 없는 이 도시를
소리 없는 하얀 눈이 감싸 안듯이
쉬지 못하는 네 영혼
조용한 이곳에 깃들려무나
강은 얼어 수백 리
철새는 자취 없고
우리도 이제 더 이상 떠날 곳 없다
네 어깨를 내어다오
이제는 지친 내가 기대고 싶다

인생의 봄을 맞은 아들에게

네 어미에게 들었다
"엄마, 왜 이렇게 가슴이 미어지지?
미칠 것만 같아"
애야
봄은 그런 것이다
미어질 것 같은 가슴으로 삶은 망울을 맺는 것이지
엄마에게 물었다지
"엄마도 그래?"
엄마도 그랬었지
그러나 이제 엄마는 봄에 가슴이 미어지지는 않지
엄마는 여름을 사랑하지
그 더위의 왕성한 생명력과 푸름을 그리워하지
엄마는 오히려 가을에 가슴이 무너지는 경험을 하지
싸늘한 바람이 대지를 적실 때
엄마의 가슴은 낙엽 한 올에도
"덜컹"
떨어지는 무게를 체중 가득히 느끼는 것이다
애야
봄에 가슴이 미어지지 않는다면
어찌 그것을 청춘靑春이라고 이름했겠니

계절에서 밀려나는 엄마가 보는
계절의 시작인 네가
너무나 사랑스럽다고
잠 안 오는 밤에 내게
말하더구나

어디일까요

남들이 도저히 찾을 수 없는 곳에
나만이 아는 곳에 간직해주마
내가 가장 잘 약속을 지킬 수 있는 곳에
전쟁이 일어나도 파괴할 수 없고
그 어떤 폭력으로도 훔칠 수 없는
우주에서 가장 안전한 곳에 간직해 주마
나를 믿으면
절대로 나를 믿으면
조금도 염려하지 않을 곳으로 데려가 주마
가난해도 좋고
병약해도 좋고
늙어도 좋다
그 어떤 힘과 권력이 위협한다고 해도
세상의 부가 사려고 해도
심지어 시간의 횡포로써도
도저히 빼앗아 갈 수 없는 곳에 간직하고 있으마
나는 너를 볼 수 있다
언제나 보고 싶을 때 너는 내 앞에 떠오른다
그 신비의 기억 속에 너를 간직하마
소중한 이여

아침 식사

아들과 함께 밥을 먹다가
송곳니로 무 조각을 씹고 있는데
사각사각사각사각
아버지의 음식 씹는 소리가 들린다
아 그때 아버지도 어금니를 뽑으셨구나

씹어야 하는 슬픔
더 잘 씹어야 하는 아픔

못

자식은 부모 가슴에 못을 박는다
부모가 돌아가시면 그 못은 빠져
어느새 자식의 가슴에 와서 박힌다
그 못이 삭아갈 때쯤 자식의 자식이 다시 못을 박는다

우리는 늘 가슴에 못 하나 박히며 산다

성스러운 뼈

불에도 타지 않았다
돌로 찧어도 깨어지지 않았다
고운 뼈 하나를 발라내어
구멍을 뚫었다
입을 대고 부니 미묘한 소리가 났다
그 소리는
번뇌를 달래는 힘이 있었다
사랑을 북돋아 주진 못하지만
고통을 어루만지는 부드러운 힘
오직 사람의 뼈이어야만 했다
평생을 괴로워하면서 살아
그 괴로움이 뭉치고 뭉쳐
단단하고 단단하게 굳어진 것이어야만 했다
그 어떤 불로도 태우지 못하고
그 어떤 돌로도 깨지 못하는
견고한 피리 하나가 되기 위해선

안국역에서 교대역까지

동냥 그릇을 들고 하모니카를 엉터리로 불며 지나간다
딱한 사연을 적은 종이를 무릎 위에 하나씩 얹어 놓고는
손을 벌리고 지나간다
비틀거리며 무작정 도와 달라고 떼를 쓰며 지나간다
흘러간 팝송을 들려주며 CD 열 장을 만 원에 판다고 외
치며 지나간다
팔목 토시를 사라고, 비 오는 날은 우산을 사라고, 온갖
잡동사니들을 사라고 소리치며 지나간다
남이 먼저 가져갈세라 바쁜 걸음으로 선반 위의 무가지無
價紙들을 쓸어담으며 지나간다

행진하듯
구호를 외치며 사라져가는
거대한 삶의 군병軍兵들

새해

창호가 부옇게 밝아오고 있다
조선종이 너머
황량한 겨울의 논두렁 너머
울울한 소나무의 가지 사이로
햇살의 전위대가 당도하였다
나는 두 팔을 벌리고
그들을 향해 뛰쳐나간다
오라
미지의 시간들이여
순금으로 이글거리는
눈부신 아침 앞에서
나는 소년처럼 가슴 설렌다
눈 덮인 산맥을 넘어
대숲을 넘어
저 긴 강들을 건너
꿈의 말을 타고 달려가리라
온몸에 가득 맺힌 땀방울을 털어내면서
새로운 역사가 굽이쳐 오는
찬란한 창공을 바라보리라

가족사진

아버지와 어머니와 아들이
환하게 웃고 있다
옷을 잘 차려입고
한껏 멋을 내고는
마치 아무 근심 걱정 없다는 듯이
세상에서 가장 밝은 표정으로 웃고 있다
아들은 집을 나가고
아버지는 말을 잃고
어머니는 깊은 잠에 못 든 지 오래됐지만
사진 속의 세 가족은 언제나 똑같이 웃고 있다

다시 오지 않을 시간은 그래서 더욱 슬프다

평화

아내가 하는 이상한 짓이 치매로 판정되던 날
그는 아내를 끌어안고 절망에 빠져 소리쳐 울었다
그날 이후 그는 세상과의 문을 닫았다
위험 많은 세상과 담을 쌓고
아내의 수족이 되었다
점차 퇴행해가는 아내와 반비례해서
그의 일상은 점차 분주해졌다
마침내 아내가 죽고
아내의 장례가 끝나고 난 뒤
그는 시신으로 발견되었다
여위고 여위어서
앙상한 형해만 남아 있었다

의무를 다 끝낸 남편의 평화가 거기 있었다

주머니 속의 여자

"메시지가 도착했습니다"
주머니 속의 여자가 외친다

좋은 조건의 대출 상품이 있다고
동창 모임이 있다고
심지어는 벗은 여자 사진이 있다고
시도 때도 없이 외쳐댄다

버튼을 눌러 말문을 막아버리자
마침내는 온몸을 부르르 떤다
참 성질 대단한 여자
주머니 속의 여자

5

눈 내린 날 아침

눈이 왔습니다
먼 북쪽나라 얼굴 흰 이방인들의 사연을 싣고
이 땅에 소복이 내렸습니다

눈이 왔습니다
지상의 생명들을 가여이 여기는
하늘나라 주민들의 눈물이 얼어
우리 주위에 쌓였습니다

이 눈은 우리의 추억
이 눈은 우리의 사랑
이 눈은 우리의 슬픔
이 눈은 우리의 환희

눈이 왔습니다
모든 부끄러운 것들을 가려주는
부드러운 큰 손길과 같은

타밀 반군에게

20여 년 전 콜롬보에서
코브라를 목에 감고 나를 쫓아다니던 너는
이제 30대 청년이 됐다
그동안 네가 어떤 삶을 살았는지 나는 모른다
단지 26년 동안의 스리랑카 내전이 끝났다는 것
타밀 반군의 우두머리가 주검으로 발견됐다는 외신과 함께
어른이 된 너를 연상시키는 반군 포로의 사진을 보고
여섯 살짜리 새카만 아이를 떠올렸을 뿐이다
그때의 너나 사진 속의 청년이나
살아 있는 것은 초롱한 눈뿐이었다
너는 타밀의 독립을 원했었겠지
지긋지긋한 가난이 싫었었겠지
그래서 어느 날 반군이 되어 총을 들고 나섰었겠지
그러나 긴 내전은 살육과 보복으로 점철됐었고
신비롭던 인도양 부처님의 섬은
처참한 비극들이 난무하는
아비지옥으로 돌변했었다
정치란 그런 것이다
힘에 의한 개조를 꿈꾸는 그 순간부터
피는 필연적인 것이다

얼마나 많은 혁명들이
좌절과 비탄과 원한 속에
거꾸러져 갔던 것인가
네가 구하고자 했던 타밀 민중은
고통의 긴 세월을 방황하다가
이제는 더 무서운 질곡 속에 빠져드는 것은 아닌 것인가
종전과 평화의 함성이 난무할
축제의 콜롬보에서
혁명의 죽음을 본다
슬퍼하지 마라
타밀 청년이여
너희들이 꿈꾸던 세상은
인류사에 무수히 명멸했던
환상의 하나였을 뿐이다
승자들에 의해 역사는 이어져 왔다는 것을
절대로 절대로 원망하지 마라
그리고 그 어떤 힘의 승리도 끝내 영원한 것은 없었다는 것이
그래도 너를 위무하리라
사그라진 혁명의 꿈
타밀 청년아

아쉬움에 대하여

간이역도 모두 서는 춘천행 완행열차를 타고
겨울빛 속으로 떠났다
나의 청춘도 이렇게 늦게
역마다 서 가면서
나의 곁을 천천히 떠나 버렸다
그 뒤 나는 한 번도 만나지 못했다
떠나간 나의 청춘, 나의 사랑, 나의 추억을
그들은 어디서 살고 있을까
그들도 나를 그리며 울고 있을까
간이역도 모두 서는 춘천행 완행열차를 타고
겨울빛 속으로 떠났다
떠난 뒤 소식 없는 나의 청춘
그 그리운 시간을 찾아

심장

쿵 쿵 쿵 쿵
63년 10개월 동안을 이렇게 뛰어왔다니
잠시도 쉬지 않고 뛰어왔다니
혹사하고 보살펴 주지 않아도
혼자서 이렇게 뛰어왔다니
아
병을 앓고 있었다니
나도 모르는 병을 앓고 있었다니
그러면서 홀로 뛰어왔다니
63년 10개월 동안을
쿵 쿵 쿵 쿵

바라나시

불타는 시체들
화장되는 주인을 찾아 배회한다는 소들
권역 다툼하는 개떼들
인도의 젖줄 갠지스 강
가난한 삶이 슬프지 않은 사람들
신이 부를 때까지 스스로를 먼저 포기하지 않는 사람들
3천 년 전이나, 2천 년 전이나, 천 년 전이나 별로 다를
것 없이 대를 이어 반복되는 삶
시간이 느리게 흘러가는 곳
아주 느리게
가난이 축복일 수는 없지만
저주일 수도 없는
그저 살아가는 곳
삶, 삶, 삶
그리고 삶들

다르마

인도어나
티베트어나
중국어나
일본어나
영어나
불어나

한뜻으로 부르나니
그것은
"마음"

타지마할

한국말을 곧잘 하는 스물여섯 살 인도 청년 앙쿠는 델리
대학을 나온 국제 경영학 석사인데 요즘은 한국인 관광객의
폭증으로 가이드가 주업이 됐다
그에게는 두 살 아래 애인이 있었는데 종교 차이 등의 문
제로 어머니가 반대해 결혼에 실패했다고 한다
그 여자는 많이 울며 그를 떠나갔고 그 뒤 시집을 갔다고
한다
마음이 착한 여자였다며, 인도에서는 연애결혼이 잘 성사
되지 않는다고 말하다 문득 목이 메는 인도 청년 앙쿠
자기는 버는 돈을 엄마에게 맡기고 타다 쓰는 마마보이
라고 말하며 엄마가 데려다 주는 여자에게 장가를 들어야겠
다면서 오늘도 이 사랑의 성전에서 손님을 안내하기에 여념
이 없다
한 여자를 얼마나 사랑했던지 결혼 생활 17년에 열네 명
의 아기를 갖게 하고 마침내 열네 번째 아기를 낳다 죽은
아내를 위해 인류 초유의 아름다운 무덤을 만든 샤자한
사치스런 무덤 건설에 혈안이 된 그는 사랑하는 여인이
낳은 자식의 손에 의해 권력을 잃고 유폐 당하고 아내를 그
리다 쓸쓸히 죽어 갔지만

86

무굴제국의 영화를 다 쏟아부어 그가 만든 무덤은 사랑
의 신전이 되어 오늘날 세계인들을 불편한 인도의 지방 도
시에까지 끌어들여 감탄케 하고 눈물짓게 하는 사랑의 블랙
홀이 되고 말았다
  사랑을 잃은 자만이 사랑을 아는 사랑의 성소에서 가이
드도 관광객들도 자신만의 사랑을 가슴에 안고 한낮의 뙤약
볕을 헤매다닌다

뼈다귀

보았다
살과 가죽 아래 감춰진 단단함
물에도 있었다
심지어 불 속에도
공기에도 있었다
수시로 불쑥 그 모습을 드러내는
보이지 않는
변하지 않는
그리고 결코 죽지도 않는
네 가슴
내 혼 속의
뼈다귀

러시아 여인

매주 토요일 저녁이면 아이들을 데리고 터미널 식당에
와서 돼지국밥을 사 먹이는 러시아 여인
스물대여섯 살이나 되었을까
꾸미지 않아도 흰 눈처럼 하얀 피부의 어여쁜 슬라브 여
인이 성장을 하고
인형 같은 아들과 딸도 고운 옷을 입혀 데리고 나와
한국말을 못하는지 말 한 마디 않은 채
맛있게 돼지국밥을 먹는 아이들을 물끄러미 바라보다가
자신도 한 그릇을 맛있게 비우고
역시 말 한 마디 없이 셈을 치르곤
아이들 손을 붙들고 사라지는데
애비는 없는 것인지
어디서 무얼 하며 사는 것인지
매주 토요일 저녁이면 어김없이 터미널 식당에 아이들을
데리고 와서
돼지국밥 사 먹는 러시아 여인

아내

세상에서 가장 사랑하는 여자
그 여자를 위해 많은 것을 참고
희생의 의미까지 알게 한 여자
화장품을 고르는 손길이 어여쁘고
화장을 하는 손길이 어여쁘고
투정이 잔소리가 편안해지는
함께 여행하는 길이 행복을 느끼게 하는

그리고 오직 그만의 여자
무척 화나게 하는
자주 미워지는 여자
질투하는 여자
가여운 여자
미안한 여자
늙어가는 여자
한 남자가 자신보다 오래 살아주기를
간절하게 바라는
세상에서 오직 하나뿐인 여자

첼로

가을의 소리

긴 참음의 뒤
헤어지기 싫어하면서도
헤어져야만 할 때
들리는
고통의 소리

눈물은 흘리지 않는
신음의 소리

남자의 소리

1947년 부산에서 문화 유씨 육출과 김해 김씨 순금의 6남
　　　　매 중 장남으로 출생.

1960년 부산동광초등학교 졸업.

1963년 부산중학교 졸업.

1966년 부산고등학교 졸업.

1967년 신아일보 지상 백일장 시조 입상(「명천촌가」. 노산
　　　　이은상 선).

1968년 신아일보 신춘문예 시 입선(「소묘 3제」. 미당 서정
　　　　주 선). 불교신문 신춘문예 시조 당선(「산사」. 초정
　　　　김상옥 선).

1969년 잉여촌 동인 참여.

1972년 시조문학 4회 추천 완료(「혼례」 월하 이태극 선).
　　　　육군 만기 제대.

1974년 모친 별세.
　　　　KBS 한국방송공사 2기생으로 기자직 입사.

1975년 서울대학교 사범대학 불어과 졸업.

1978년 개성 왕씨 선희와 결혼.

1979년 장남 종선 출생.

1982년 제1시집 『성 수요일의 저녁』 출간(평민사).

1986년 KBS 유럽총국장 서리 겸 파리 특파원으로 부임.

1990년 제2시집『짧은 사랑』출간(전예원).
      부친 별세.
      제1산문집『피보씨는 지금 독서중입니다』출간(열음사).

1991년 SBS 초대 정치부장으로 부임.

1993년 SBS 부국장 대우 국제부장 겸 해설위원으로 부임.
      제3시집『떠남』출간(문학수첩).

1994년 제4시집(시조집)『내 영혼은』출간(삶과꿈).
      제2산문집『라라의 투쟁』출간(시와시학).

1995년 SBS 부국장급 해설위원으로 부임.

1996년 제5시집『지금은 슬퍼할 때』출간(시와시학).

1997년 제9회 현대시조문학상 수상.
      제3산문집『세상의 다른 이름』출간(박영률출판사).
      SBS 보도제작국장으로 부임.

1998년 SBS 라디오본부장으로 부임.

2001년 제6시집(우리 시대 현대시조 100인선)『데이트』
      출간(태학사).
      제4산문집『다시 볼 수 없어 더욱 그립다』출간(모
      아드림).

2002년 제7시집『금지된 장난』출간(포엠토피아).
      제9회 후광문학상·제12회 편운문학상 수상.

2003년 SBS 이사 대우 기획실장으로 부임.
      제8시집『아쉬움에 대하여』출간(책만드는집).

2004년 SBS 논설위원실장으로 부임. 시와시학회장 취임.

2005년 SBS 이사 취임.
제17회 정지용문학상·제1회 한국참언론인대상 수
상·서울대학교 사범대학 '자랑스런 동문패' 수상.

2006년 SBS 자문역 취임.
제9시집 『성자가 된 개』 출간(시학).

2007년 한국방송기자클럽 회장 취임.
제10시집 『여행의 끝』 출간.

2008년 제6회 유심작품상 수상.
부산일보에 <토요세평> 연재.

2009년 제11시집 『전철을 타고 히말라야를 넘다』 출간.
제46회 한국문학상 수상.

2010년 제5산문집 『나는 희망을 보았다』 출간.
제18회 불교언론인상 수상. 제3대 지용회장 취임.
국악방송 <유자효의 책 읽는 아침> 진행.

2011년 제16회 현대불교문학상 수상.
제12시집 『주머니 속의 여자』 출간.
불교신문 논설위원 취임.
불교TV <선승에게 길을 묻다> 진행.

2012년 제13시집(시조집) 『사랑하는 아들아』 출간.
국악방송 <유자효의 책 읽는 밤> 진행.

2013년 제4대 구상선생기념사업회장 취임.
제14시집 『심장과 뼈』 출간.

〖한국대표명시선100〗을 펴내며

한국 현대시 100년의 금자탑은 장엄하다. 오랜 역사와 더불어 꽃피워온 얼·말·글의 새벽을 열었고 외세의 침략으로 역경과 수난 속에서도 모국어의 활화산은 더욱 불길을 뿜어 세계문학 속에 한국시의 참모습을 드러내게 되었다.

이 나라는 글의 나라였고 이 겨레는 시의 겨레였다. 글로 사직을 지키고 시로 살림하며 노래로 산과 물을 감싸왔다. 오늘 높아져 가는 겨레의 위상과 자존의 바탕에도 모국어의 위대한 용암이 들끓고 있음이다.

이제 우리는 이 땅의 시인들이 척박한 시대를 피땀으로 경작해온 풍성한 시의 수확을 먼 미래의 자손들에게까지 누리고 살 양식으로 공급하는 곳간을 여는 일에 나서야 할 때임을 깨닫고 서두르는 것이다.

일찍이 만해는 「님의 침묵」으로 빼앗긴 나라를 되찾고 잃어가는 민족정신을 일으켜 세우는 밑거름으로 삼았으며 그 기룸의 뜻은 높은 뫼로 솟아오르고 너른 바다로 뻗어 나가고 있다.

만해가 시를 최초로 활자화한 것은 옥중시 「무궁화를 심고자」(≪개벽≫ 27호 1922. 9)였다. 만해사상실천선양회는 그 아흔 돌을 맞아 만해의 시정신을 기리는 일의 하나로 '한국대표명시선100'을 펴내게 된 것이다.

이로써 시인들은 더욱 붓을 가다듬어 후세에 길이 남을 명편들을 낳는 일에 나서게 될 것이고, 이 겨레는 이 크나큰 모국어의 축복을 길이 가슴에 새겨나갈 것이다.

만해사상실천선양회

한국대표명시선100 │ 유 자 효

아버지의 힘

1판1쇄 인쇄 2013년 6월 17일
1판1쇄 발행 2013년 6월 21일

지 은 이 유 자 효
뽑 은 이 만해사상실천선양회
펴 낸 이 이 창 섭
펴 낸 곳 시인생각
등 록 번 호 제2012-000007호(2012.7.6)
주   소 경기도 양평군 옥천면 고읍로 164
         ㉾476-832
전   화 (031)955-4961
팩   스 (031)955-4960
홈 페 이 지 http://www.dhmunhak.com
이 메 일 lkb4000@hanmail.net

값 6,000원

ⓒ 유자효, 2013

ISBN 978-89-98047-51-1 03810

※ 이 책은 만해사상실천선양회의 지원으로 간행되었습니다.